Analyse de l'œuvre

Par Cécile Perrel
et Emmanuelle Cubadda

Ensemble, c'est tout

d'Anna Gavalda

Rendez-vous sur lepetitlitteraire.fr et découvrez :

Plus de 1200 analyses
Claires et synthétiques
Téléchargeables en 30 secondes
À imprimer chez soi

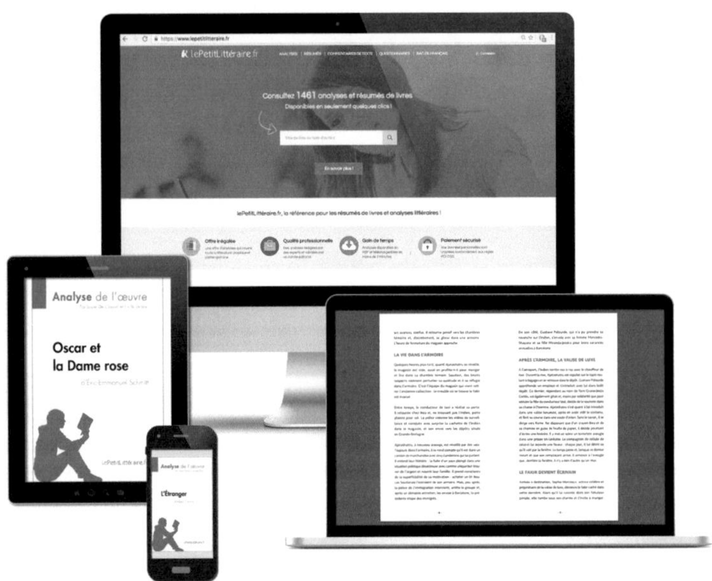

ANNA GAVALDA

ÉCRIVAINE FRANÇAISE

- **Née en 1970 à Boulogne-Billancourt (France)**
- **Quelques-unes de ses œuvres :**
  - *Je voudrais que quelqu'un m'attende quelque part* **(1999), recueil de nouvelles**
  - *35 kilos d'espoir* **(2002), roman**
  - *Des vies en mieux* **(2015), roman**

Anna Gavalda est une femme de lettres française née en 1970 à Boulogne-Billancourt. Après une maitrise de lettres modernes, elle est successivement fleuriste, professeure de français et assistante vétérinaire.

Elle reçoit en 1999 le grand prix RTL-Lire pour son recueil de nouvelles *Je voudrais que quelqu'un m'attende quelque part*. Son premier roman, *Je l'aimais*, est publié en 2003 et est adapté au cinéma en 2009 par Zabou Breitman, avec Daniel Auteuil dans le rôle principal. *Ensemble, c'est tout* parait en 2004 et est un immense succès. Il est adapté au cinéma par Claude Berri en 2007.

ENSEMBLE, C'EST TOUT

UN REFLET FIDÈLE DE NOTRE ÉPOQUE

- **Genre :** roman
- **Édition de référence :** *Ensemble, c'est tout*, Paris, J'ai Lu, 2007, 576 p.
- **1re édition :** 2004
- **Thématiques :** rencontre, partage, vieillesse, solitude, travail, amour

L'histoire d'*Ensemble, c'est tout* se déroule à Paris, dans les beaux quartiers, au début des années 2000. Philibert, un aristocrate inadapté au monde moderne, Camille, une jeune femme épuisée et sans repères, Franck, un cuisinier un peu rustre, et Paulette, une grand-mère en fin de vie, n'auraient jamais dû se rencontrer... Et pourtant, ils vont vivre ensemble la plus belle période de leur existence.

Dans ce roman, Anna Gavalda raconte comment ces quatre personnages, confrontés aux difficultés de la vie (Philibert est bègue et maladivement timide, Camille est sans domicile fixe au début du roman, Franck travaille dur et doit s'occuper de sa grand-mère) se rencontrent et s'entraident, parfois bien malgré eux...

RÉSUMÉ

UN APPEL À L'AIDE

Camille Fauque, une jeune femme de 25 ans sans domicile fixe, ne supportant plus la précarité, se présente chez un couple de connaissances afin de leur demander de l'aide. Pierre et Mathilde Kessler la recueillent pour la nuit, puis proposent de lui prêter une chambre de bonne qu'ils possèdent dans un immeuble à proximité de la tour Eiffel. Camille accepte et s'installe dans la chambre misérable, sans chauffage ni toilettes. Elle survit tant bien que mal et travaille le soir dans une entreprise de nettoyage de bureaux. Sans famille et sans amis, elle mène une existence morne et difficile. Craignant de souffrir, elle a fait le choix de ne pas se lier aux autres. Mais un jour, elle fait la connaissance d'un de ses voisins, Philibert.

Philibert Marquet de la Durbellière est un aristocrate qui vit dans un appartement de plus de trois-cents mètres carrés appartenant à sa famille. Maladivement timide, il accepte pourtant l'invitation à diner de Camille. Lorsqu'il se rend compte de l'état de dénuement dans lequel vit la jeune femme, il s'en inquiète. Peu de temps après leur diner, un soir où il fait particulièrement froid, il monte chez Camille, soucieux de la savoir sans chauffage. Il la retrouve grelotante de fièvre, malade et presque inconsciente. Malgré son éducation stricte et des bonnes manières datant parfois d'un autre siècle, Philibert décide d'installer la jeune femme chez lui, au moins jusqu'à ce qu'elle soit rétablie. Cette décision marquera un tournant important dans la vie des protagonistes puisqu'elle leur permettra de connaitre le bonheur.

Mais Philibert a un colocataire, Franck, qui ne voit pas d'un bon œil l'arrivée de Camille. Ce dernier est cuisinier et travaille dans un établissement parisien. Un peu rustre, il ne s'intéresse qu'à la musique et à sa moto, et collectionne les petites amies. Il a pour seule famille sa vieille grand-mère, Paulette, qui l'a élevé, et qu'il a dû placer à contrecœur en maison de retraite. Depuis, Paulette se sent abandonnée par son petit-fils. Leurs relations sont tendues, tout comme celles entre Camille et Franck, qui ne s'apprécient pas.

Rétablie, Camille reprend le travail, mais elle n'envisage pas pour autant de quitter l'appartement de Philibert : elle s'est attachée à lui et, malgré la présence de Franck, se sent bien dans l'appartement. Peu à peu, elle se remet à dessiner, une activité pour laquelle elle est très douée mais qu'elle avait abandonnée.

Au fil des pages, on découvre le passé de Camille : son père est mort lorsqu'elle était enfant tandis que sa mère a toujours été dépressive et suicidaire et lui a fait mener une vie infernale.

DES AFFINITÉS NAISSANTES

Les fêtes de fin d'année approchent. Alors que Philibert part dans sa famille, Camille et Franck se retrouvent seuls. Sans vouloir se l'avouer, Franck commence à éprouver des sentiments pour la jeune femme et décide de lui dévoiler un peu sa véritable personnalité. Il lui propose de travailler au restaurant le soir du 31 décembre. Camille accepte et passe une très bonne soirée. Elle est impressionnée par Franck, qu'elle découvre dans son milieu professionnel et qui est respecté par ses collègues.

Lorsque Philibert rentre, tous les trois dinent ensemble, heureux de se retrouver.

Franck propose à Camille de l'accompagner, le weekend suivant, chez des amis agriculteurs qui ont prévu de tuer un cochon. Camille accepte et prend ses carnets à dessin. Elle crayonne tout le weekend et, sur le chemin du retour, ils s'arrêtent pour rendre visite à Paulette. La vieille dame est ravie de rencontrer Camille ; elles s'entendent tout de suite à la perfection.

Peu de temps après, Camille prend une grande décision : elle se remet sérieusement au dessin. Pour cela, elle aménage une des pièces vides de l'appartement et démissionne. À l'occasion de son anniversaire, elle déjeune au restaurant avec Franck, Philibert et Paulette. Ils passent tous une très bonne journée, mais reconduire la vieille dame à la maison de retraite est un déchirement. Ils décident donc de l'emmener vivre avec eux, à Paris.

Paulette accepte l'idée de ne plus retourner dans sa maison de retraite et s'adapte progressivement à sa nouvelle existence. C'est Camille qui s'occupe d'elle durant la journée, lui prépare ses repas et la sort en promenade.

La jeune femme dépose ses dessins à la galerie de Pierre Kessler, qui voudrait l'exposer.

Un jour de désespoir, Camille se retrouve face à Franck. Amoureux d'elle, le jeune homme écoute ses confidences et découvre que la vie de Camille a toujours été difficile. Malheureux avec son épouse, son père menait une double vie : il avait une autre famille avec une autre enfant. Dépressive, sa femme le menaçait de se suicider si jamais il quittait définitivement le domicile familial. Un jour, il est tombé d'un immeuble et ne s'est jamais relevé – le suicide est évoqué, mais rien ne le prouve –, laissant une grosse somme d'argent à Camille qui en a profité pour quitter sa mère et entrer aux Beaux-Arts. Là, elle a fait la rencontre d'un peintre drogué puis l'a quitté, avant de travailler pour un faussaire et finalement se retrouver à la rue, sans domicile. C'est à ce moment-là que les Kessler lui ont prêté la chambre de bonne et qu'elle a fait la connaissance de Philibert.

Après lui avoir raconté sa vie, nait une nouvelle intimité entre Camille et Franck qui marque le début d'une liaison entre les deux jeunes gens.

UNE VIE PLUS HEUREUSE

L'état de santé de Paulette se dégrade. Franck a troqué sa moto contre une voiture avec laquelle ils se rendent tous les dimanches à la campagne, afin de passer la journée dans la maison de la vieille dame.

Philibert, qui prend des cours de théâtre pour guérir de sa timidité, y a rencontré une jeune femme, Suzy, qu'il épouse.

Lorsque l'été arrive, Franck travaille, Philibert et Suzy partent en voyage de noces, et Camille et Paulette se rendent à la campagne. L'état de la vieille dame s'est beaucoup dégradé et, un jour, elle ne se réveille pas de sa sieste dans le jardin.

Après l'enterrement, Camille décide d'exposer ses dessins, mais elle est profondément peinée par le prochain départ de Franck, qui a trouvé un poste à Londres. Au dernier moment, il décide pourtant de ne pas quitter la France et de rester avec elle.

Peu de temps après, Franck ouvre un restaurant à Paris : Philibert y fait le service et Camille expose ses dessins dans la salle. Celle-ci a retrouvé sa demi-sœur et s'en est fait une amie.

ÉTUDE DES PERSONNAGES

CAMILLE

Camille est une jeune femme de 25 ans au début du roman. Seule et sans famille, car elle entretient des relations très conflictuelles avec sa mère, elle est femme de ménage, le soir, dans des bureaux. Elle mange très peu et est très maigre.

Ses seules connaissances à Paris sont Pierre et Mathilde Kessler, qui possèdent une galerie d'art. Elle les a rencontrés lorsqu'elle étudiait aux Beaux-Arts, mais aujourd'hui, elle a complètement abandonné le dessin, pour lequel elle était pourtant particulièrement douée.

Blessée par la vie, Camille n'a pas eu d'enfance à cause de la mort de son père et de l'attitude égoïste de sa mère. Elle a quitté très tôt le foyer familial et s'est retrouvée livrée à elle-même. Elle n'a pas confiance en elle ni en les autres, et ne veut pas nouer de relations afin de ne pas souffrir. Elle rencontre pourtant Philibert, grâce auquel elle s'ouvre au monde et qu'elle aidera elle-même à s'ouvrir. En séjournant chez ce dernier, elle fait la rencontre de Franck, dont elle tombera amoureuse.

PHILIBERT

Philibert est le fils d'une famille d'aristocrates ruinés. Il vit à Paris dans un immense appartement qu'il est chargé de garder et de surveiller en raison d'une sombre histoire d'héritage entre cousins.

Maladivement timide, c'est un jeune homme extrêmement brillant, notamment en Histoire. Il n'a malheureusement pas pu terminer ses études à cause de cette timidité qui lui a fait perdre tous ses moyens lorsqu'il a dû prendre la parole en public. Il vend donc des cartes postales à la boutique d'un musée.

Avec ses bonnes manières datées d'un autre temps et son langage recherché, il fait figure d'extraterrestre. Il lui faut surmonter toutes ses appréhensions pour aller récupérer Camille, malade, et la ramener chez lui. Mais cet évènement changera leur vie à tous.

FRANCK

Franck est le colocataire de Philibert. Au début du roman, il semble être un garçon un peu rustre. Mais il se révèle tout au long de l'histoire comme quelqu'un de sensible.

Comme les autres personnages, il n'a pas eu une vie facile : abandonné par sa mère alors qu'il n'était qu'un enfant et confié à ses grands-parents qui l'ont élevé, il n'a aujourd'hui plus que sa grand-mère qu'il a dû se résoudre à placer en maison de retraite.

Il travaille comme cuisinier dans un restaurant et consacre tous ses lundis, son seul jour de repos, à sa grand-mère. Ses principaux centres d'intérêt sont sa moto et les filles.

Ses relations avec Camille sont d'abord tendues, puis elles

s'adoucissent peu à peu jusqu'à ce que Franck se rende compte qu'il est amoureux d'elle.

PAULETTE

Paulette est la grand-mère de Franck, c'est elle qui l'a élevé ; elle est la seule famille qui lui reste (sa mère ne comptant pas à ses yeux). Elle est aujourd'hui âgée et, après plusieurs incidents de plus en plus graves (elle tombe, s'évanouit, oublie une casserole sur la gazinière ce qui manque de mettre le feu à la maison), elle ne peut plus rester seule chez elle. Franck se voit donc dans l'obligation de la placer dans une maison de retraite, c'est un déchirement pour lui, mais il ne peut faire autrement. Paulette ne le comprend pas et le juge responsable de cet état de fait, pour le punir elle boude à chacune de ses visites. Paulette finit toutefois par se résoudre et change d'attitude après une longue tirade de son petit-fils. Mais la vieille dame continue de s'étioler dans cette maison de retraite.

Le personnage de Paulette s'étoffe à partir du moment où Camille prend soin d'elle, quand elle commence à se livrer (sur sa difficulté de tomber enceinte, sa fille, l'abandon de Franck par celle-ci, l'enfance et l'adolescence difficiles de Franck, les erreurs commises, la mort de son mari, etc.). Le lecteur découvre également de nouveaux éléments après son décès : Paulette coupant ses cheveux après la Libération afin que son amie, rasée pour avoir ri avec les Allemands, ne se sente pas seule). Elle n'est plus qu'une simple grand-mère incapable de vivre seule ; on la découvre femme, soucieuse et désemparée face aux soucis de la vie, mais également prenant les choses à bras-le-corps.

CLÉS DE LECTURE

L'IMPORTANCE DES DIALOGUES

Ensemble, c'est tout est un roman. Il s'agit d'un genre littéraire narratif qui se caractérise par une histoire relativement longue (ce qui le différencie de la nouvelle, qui ne compte que quelques dizaines de pages). Il propose généralement une histoire présentée comme réelle et comprenant plusieurs personnages. Le roman d'Anna Gavalda correspond à ces critères, mais présente en outre une autre particularité : une abondance de dialogues.

En effet, la presque totalité du livre se compose d'échanges entre les personnages ; il y a très peu de passages réellement narratifs, à la différence de la plupart des romans. Cette caractéristique a plusieurs conséquences :

- le langage utilisé est nécessairement un langage très oral, voire familier, puisque l'auteure reproduit les paroles de personnages qu'elle veut réalistes. Cela permet une plus grande proximité entre le lecteur et les protagonistes. Le lecteur s'identifie plus facilement à eux et est davantage touché par ce qu'ils disent puisqu'ils parlent comme lui ;
- les dialogues successifs peuvent faire penser à une pièce de théâtre, composée de différentes scènes et de répliques. Précisons d'ailleurs, pour souligner la parenté du texte avec le genre théâtral, que l'œuvre a pu être adaptée facilement au cinéma ;
- cette construction du roman en fait en même temps un livre simple à comprendre, en rend la lecture très facile

et agréable ;

- enfin, l'abondance de dialogues influence le lecteur dans la vision qu'il a des personnages. En effet, ceux-ci ne font pas l'objet de descriptions ou d'analyses psychologiques détaillées, ils sont montrés « en action », ou plutôt « en paroles » : on les découvre à travers leurs conversations.

UNE ŒUVRE AUX PRÉOCCUPATIONS CONTEMPORAINES

Ensemble, c'est tout est un livre profondément ancré dans notre époque. On y retrouve en effet des thématiques qui nous touchent de façon plus ou moins personnelle :

- **la vieillesse**. Paulette est une vieille dame en fin de vie qui ne peut rester à son domicile pour des raisons évidentes de sécurité. Il s'agit d'un problème très contemporain dans notre société où l'espérance de vie est de plus en plus élevée. Le placement des personnes âgées en maison de retraite est souvent une nécessité, mais peut s'avérer problématique, notamment pour des questions financières ou parce que les personnes âgées n'acceptent pas leur situation. Autant de problèmes qui se posent dans le roman : la pension demandée pour héberger et nourrir Paulette grignote la quasi-totalité de ses économies, et celle-ci en veut à son petit-fils de l'avoir placée ;
- **le travail**. Le thème du travail est évoqué à travers plusieurs personnages et sous différents aspects.
  Camille, tout d'abord, est femme de ménage, mais elle ne travaille pas dans le milieu qui la passionne, celui des Beaux-Arts qu'elle a d'ailleurs étudié. Comme elle, de nos

jours, nombre de salariés occupent des postes qui ne correspondent pas à leur savoir-faire et à leur diplôme parce qu'ils ne trouvent pas d'emploi dans leur domaine, faute d'expérience ou par manque d'offre. Le cas de Camille est un peu différent dans la mesure où c'est elle qui refuse de travailler, un temps, dans sa branche.

Le rapport de Philibert au travail est, quant à lui, un peu particulier. En effet, il vend des cartes postales dans un musée, or c'est un jeune homme très érudit : on constate vite qu'il a une culture immense et qu'il serait en mesure d'occuper un poste beaucoup plus important, au sein même du musée. Malheureusement, sa timidité maladive l'a empêché de poursuivre ses études, car il était incapable de passer des examens oraux ; il doit donc se contenter d'un emploi purement alimentaire. Plus tard, il travaillera au restaurant avec Franck, lorsqu'il aura réussi à surmonter sa peur des autres.

Quant à Franck, il s'est endetté pour s'offrir sa moto et doit travailler deux fois plus afin de rembourser son crédit. Une fois encore, cet aspect du roman est le reflet de notre société où nombre de familles sont surendettées et doivent faire face à des remboursements mettant en péril leur équilibre financier ;

- **la solitude et les relations humaines**. Le monde moderne est particulièrement individualiste : nous vivons une ère où c'est chacun pour soi. On ne se préoccupe en général que de sa propre personne sans prêter attention aux autres autour de nous. *Ensemble, c'est tout* décrit très bien cela : Camille vit complètement isolée, sans contact avec sa famille, tandis que Philibert et Franck sont colocataires, mais ne font que cohabiter et ne se connaissent pas réellement (Philibert ne sait pas que Franck a pour seule famille une grand-mère dont l'état de santé lui cause bien des soucis, et Franck ignore que Philibert est un érudit). Ils vivent tous les uns à côté des autres et se croisent tous les jours, mais ils s'ignorent. Le roman montre toutefois que cette situation peut être surmontée, et prouve que l'homme est bien plus heureux lorsqu'il s'ouvre aux autres que lorsqu'il est seul. L'évolution de chacun des personnages en témoigne.

Ensemble, c'est tout est donc, par tous ces aspects, un reflet fidèle à notre époque.

UN ROMAN D'APPRENTISSAGE

Le genre du roman d'apprentissage, aussi appelé roman de formation, est né en Allemagne au XVIIIe siècle sous l'appellation *Bildungsroman*. Il relate le cheminement, l'évolution d'un héros qui, au début de l'œuvre, est jeune et sans expérience. On le voit ainsi murir, évoluer, faire ses armes et se forger sa propre conception de la vie. Dans ce type d'ouvrage, le personnage doit souvent faire face à différentes épreuves qui lui apprennent, au final, une forme de sagesse. Le roman d'apprentissage décrit donc la maturation du héros.

Dans *Ensemble, c'est tout*, on constate que les trois héros principaux (Camille, Franck et Philibert) sont jeunes, et qu'ils font face à des difficultés qui les dépassent et devant lesquelles ils ne savent pas quelle attitude adopter :

- au début du roman, Camille refuse de voir la vérité en

face et se réfugie dans le déni (déni de son talent et déni de ses difficultés, tant matérielles que psychologiques). Elle se refuse à éprouver des sentiments pour les autres afin de ne pas souffrir comme elle a pu souffrir dans son enfance, en raison du suicide de son père et de l'attitude égoïste de sa mère ;

- Franck s'étourdit au travail afin d'éviter de penser à l'abandon dont il a été victime pendant son enfance, et surtout afin d'éviter de penser à sa grand-mère qu'il ne sait pas comment aider ;
- Philibert vit prisonnier de sa timidité, qui lui gâche la vie. Il n'a aucune confiance en lui et se sent incapable de surmonter ses problèmes.

Mais peu à peu, les attitudes de chacun des personnages évoluent :

- Camille prend conscience que l'amour ne fait pas forcément souffrir. Elle offre d'abord son amitié à Philibert. Ce nouveau sentiment lui permet de prendre confiance en elle et la décide à reprendre le dessin, qu'elle avait abandonné. Elle accepte ensuite d'ouvrir son cœur à Franck pour leur bonheur à tous les deux ;
- grâce à Camille, dont il tombe amoureux, Franck évolue également et trouve finalement la seule solution idéale pour sa grand-mère : l'installer chez lui. Il cesse également de multiplier les conquêtes amoureuses afin de se consacrer exclusivement à Camille ;
- Philibert comprend que sa timidité lui gâche la vie et s'inscrit à des cours de théâtre durant lesquels il rencontre une jeune femme dont il tombe amoureux. Il

réussit aussi à se défaire du joug parental et à mener une existence qui le satisfait sans plus se préoccuper de ce que pensent les autres.

Ainsi, chacun des personnages grandit. Tous adoptent une attitude positive qui leur permet de progresser et de connaitre le bonheur. En ce sens, *Ensemble, c'est tout* est bel et bien un roman d'apprentissage.

LA REPRÉSENTATION DE LA FAMILLE

Ensemble, c'est tout traite de la thématique de la cellule familiale. Il n'en présente toutefois pas une vision idyllique. Chaque personnage rencontre des difficultés plus ou moins importantes avec sa famille de sang :

- Camille a perdu son père alors qu'elle était encore jeune, et son entente avec sa mère, qui lui a mené la vie difficile, est catastrophique. Elle a une demi-sœur, avec laquelle elle n'a presque aucun contact, du moins avant la fin du roman ;
- Franck n'a que sa grand-mère, sa mère ne faisant plus partie de sa vie, ni même son demi-frère qui est à peine évoqué. Franck devient donc en quelque sorte le chef de famille, puisqu'il doit s'occuper de sa grand-mère et prendre les décisions qui s'imposent pour elle ;
- Philibert, de son côté, n'a que peu de contact avec sa famille à la suite d'une histoire d'héritage. Il a toutefois beaucoup d'affection pour ses jeunes sœurs.

C'est sans doute pour cette raison que les personnages se rapprochent et se crée une famille de cœur, c'est-à-dire une famille dont les membres sont choisis. Ce sentiment transparait lors de la fête d'anniversaire de Camille : « [...] pour la première fois et tous autant qu'ils étaient, ils eurent l'impression d'avoir une vraie famille. Mieux qu'une vraie d'ailleurs, une choisie, une voulue [...]. » (p. 391)

Le fonctionnement de cette cellule familiale recomposée devient alors « classique » : on prend soin les uns des autres, on s'entraide, on s'aime et on est heureux des bonnes nouvelles qui concernent chacun.

La dernière scène du livre rassemble tous les personnages qui forment cette grande famille (même Paulette est présente, sous forme de dessin et « grigris » de Franck). C'est une scène qui peut apparaitre comme « cliché », mais où tous les membres de la famille réunis se retrouvent avec bonheur et plaisir, comme lors d'un grand banquet de fête.

DES TROUBLES DU COMPORTEMENT SYMPTOMATIQUES D'UN MALÊTRE

L'anorexie de Camille

Si la maladie n'est jamais nommée, on peut malgré tout supposer que Camille souffre d'anorexie dans la mesure où elle ne se nourrit que du strict minimum et que l'on fait plusieurs fois référence à sa maigreur.

Dans le roman, des médecins interviennent à deux reprises et lui somment de prendre du poids, car son état est à la limite du catastrophique. Son physique est souvent évoqué : par les critiques de sa mère, par les descriptions que Franck fait d'elle, les inquiétudes des Kessler ou des gens qui se préoccupent de sa santé.

S'il apparait évident que son aspect lui importe peu (elle n'hésite pas à se faire raser la tête et ne porte jamais de vêtements qui la mettent en valeur), l'explication de son état n'est révélée qu'à la page 249 : « Elle avait commencé à se désintéresser de la nourriture quand elle était enfant parce que l'heure des repas était synonyme de trop de souffrances. »

Face à la nourriture, Camille se trouve soit désemparée (elle ne sait pas quoi manger, ou acheter, pour exemple son repas de Noël), soit totalement privée d'appétit (lors des rendez-vous au restaurant avec sa mère).

Le comportement alimentaire de Camille se modifie quand elle se sent entourée et aimée par Philibert, puis par Franck et Paulette. Mais si une contrariété survient, elle perd de nouveau du poids. Franck, dont c'est le métier de nourrir les gens, se fait donc un devoir de la faire manger correctement et de la faire grossir.

Le bégaiement de Philibert

Il est apparu à plusieurs reprises que le principal handicap de Philibert est son bégaiement : c'est à cause de cela qu'il a raté ses études malgré ses connaissances (l'épreuve des examens oraux est pour lui une épreuve insurmontable), que son père le méprise et qu'il a tant de mal à se lier aux gens.

Quand il a confiance en lui, ce qui arrive seulement quand il ne se sent ni anxieux ni jugé, c'est-à-dire quand le trio Camille-Franck-Philibert devient une famille, il ne bégaie plus. On peut le voir quand il est sur les planches lors de sa première représentation théâtrale. S'il peut, à la fin du roman, travailler au restaurant et être au contact des gens, c'est qu'il a réussi à vaincre son handicap et à le maitriser, même si lors d'émotions intenses il bégaie à nouveau (comme lors de sa demande en mariage).

La colère de Franck

Franck est en colère depuis son adolescence, même si d'après Paulette les choses se sont améliorées après que Franck a trouvé une formation et un travail sérieux. Sa colère est perceptible dans son agressivité, sa façon grossière de parler et d'être toujours dans l'attaque, même si cela n'est pas utile. Mais un jour, il parvient à lâcher prise et s'effondre en pleurs sur un banc, laissant sa tristesse se déverser. Après cet épisode, la colère de Franck se transforme peu en peu en énergie positive qu'il met au service des autres par le biais de son restaurant.

LA FEMME DANS LE ROMAN

Au premier abord, les représentations féminines dans le roman *Ensemble, c'est tout* apparaissent en état de faiblesse, notamment les personnages de Camille (exténuée par la vie) et Paulette (en fin de vie). Mais si l'on regarde d'un peu plus près, on s'aperçoit que l'on a affaire en réalité à des femmes de caractère.

Camille

Sa vie est une accumulation de moments difficiles, malgré cela – et même si elle est éreintée – elle continue d'avancer et trouve le moyen de rebondir et de reprendre les rênes de son existence. Même au plus mal, elle est toujours présente pour aider les autres.

Paulette

Si elle est à présent amoindrie, elle a su faire face aux aléas de la vie ; elle s'est battue pour tomber enceinte, alors que d'autres auraient baissé les bras, et a réussi, tant bien que mal, à élever Franck alors que ce n'était pas son rôle.

Mamadou

Mamadou parvient à concilier sa famille et son emploi, même si celui-ci est difficile, et tout cela dans des conditions précaires. Si elle se confie un jour à Camille, elle ne se plaint pas et fait ce qu'il y a à faire pour sa famille.

Ensemble, c'est tout n'est pas un roman que l'on pourrait qualifier de féministe, mais les femmes sont décrites comme des héros du quotidien qui, à leur niveau, font de grandes choses et qui sont dépeintes avec beaucoup de tendresse.

DU ROMAN À L'ÉCRAN

Ensemble, c'est tout a été adapté au cinéma par Claude Berri en 2007. Les personnages principaux sont interprétés par des acteurs connus et aguerris (Audrey Tautou dans le rôle de Camille, Guillaume Canet dans celui de Franck, notamment), ce qui a sans doute participé au succès de ce film en salle.

Le film de Claude Berri est très fidèle au roman d'Anna Gavalda, même si certaines scènes ont été quelque peu modifiées. Prenons pour exemple la scène où Camille et Paulette « se dévisagèrent et se dirent une foule de choses en silence » (p. 354) à la maison de retraite, qui dans le film est remplacée par un « vrai » dialogue, où Paulette demande à Camille de la sortir de là. En effet, au cinéma une telle scène n'aurait pas eu le même impact. Certains personnages changent de nom (Suzy devient Sandrine) ou sont tout simplement absents du film.

Couronné de succès, le film a obtenu plusieurs nominations à des prix prestigieux (César du meilleur acte dans un second rôle et meilleur scénario, entre autres) et plusieurs récompenses (meilleur espoir masculin, meilleur acteur, etc.).

PISTES DE RÉFLEXION

QUELQUES QUESTIONS POUR APPROFONDIR SA RÉFLEXION...

- D'après vous, quel est le personnage le plus « adulte » dès le début du roman ? Justifiez votre réponse.
- En quoi peut-on considérer cette œuvre comme un roman d'apprentissage ? Comparez-la avec d'autres romans d'apprentissages célèbres comme *La Chartreuse de Parme* de Stendhal (1783-1842) ou encore *L'Éducation sentimentale* de Flaubert (1821-1880).
- Dans le roman, un peintre célèbre est évoqué, et notamment ses difficultés avec sa famille et son malêtre. De quel peintre s'agit-il ?
- La première fois que Franck parle de Camille à sa grand-mère, il fait d'elle un portrait physique, puis se plaint, ce qui fait sourire Paulette. Pourquoi, d'après vous ?
- Dans quelle mesure peut-on parler de « trio gagnant » pour les personnages de Camille, Franck et Philibert ?
- Qu'est-ce qui rend ce roman idéal pour une adaptation cinématographique ? Développez.
- En quoi cette œuvre apparait-elle comme réaliste ?
- Comment le thème de la vieillesse est-il traité ? Développez.
- Ce roman a connu un grand succès, de même que les autres œuvres de l'auteure. Selon vous, à quoi peut-on l'imputer ?
- Comparez le roman et le film et relevez-en les différences.

Votre avis nous intéresse !
Laissez un commentaire sur le site de votre librairie en ligne
et partagez vos coups de cœur sur les réseaux sociaux !

POUR ALLER PLUS LOIN

ÉDITION DE RÉFÉRENCE

- Gavalda A., *Ensemble, c'est tout*, Paris, J'ai lu, 2007.

ADAPTATION

- *Ensemble, c'est tout*, film de Claude Berri, avec Audrey Tautou, Guillaume Canet et Laurent Stocker, 2007, Rance.

SUR LEPETITLITTÉRAIRE.FR

- Fiche de lecture sur *35 kilos d'espoir* d'Anna Gavalda.
- Fiche de lecture sur *Des vies en mieux* d'Anna Gavalda.
- Fiche de lecture de *Je voudrais que quelqu'un m'attende quelque part* d'Anna Gavalda.
- Questionnaire de lecture sur *35 kilos d'espoir*.

www.lepetitlitteraire.fr

ISBN version numérique : 978-2-8062-3740-8
ISBN version papier : 978-2-8062-3751-4
Dépôt légal : D/2013/12603/16

Avec la collaboration d'Emmanuelle Cubadda pour l'analyse de Paulette et les chapitres « La représentation de la famille », « Des troubles du comportement symptomatiques d'un malêtre », « La femme dans le roman » et « Du roman à l'écran ».

Conception numérique : Primento,
le partenaire numérique des éditeurs.

Ce titre a été réalisé avec le soutien de la Fédération Wallonie-Bruxelles, Service général des Lettres et du Livre.

Retrouvez notre offre complète sur lePetitLittéraire.fr

- des fiches de lectures
- des commentaires littéraires
- des questionnaires de lecture
- des résumés

ANOUILH
- Antigone

AUSTEN
- Orgueil et Préjugés

BALZAC
- Eugénie Grandet
- Le Père Goriot
- Illusions perdues

BARJAVEL
- La Nuit des temps

BEAUMARCHAIS
- Le Mariage de Figaro

BECKETT
- En attendant Godot

BRETON
- Nadja

CAMUS
- La Peste
- Les Justes
- L'Étranger

CARRÈRE
- Limonov

CÉLINE
- Voyage au bout de la nuit

CERVANTÈS
- Don Quichotte de la Manche

CHATEAUBRIAND
- Mémoires d'outre-tombe

CHODERLOS DE LACLOS
- Les Liaisons dangereuses

CHRÉTIEN DE TROYES
- Yvain ou le Chevalier au lion

CHRISTIE
- Dix Petits Nègres

CLAUDEL
- La Petite Fille de Monsieur Linh
- Le Rapport de Brodeck

COELHO
- L'Alchimiste

CONAN DOYLE
- Le Chien des Baskerville

DAI SIJIE
- Balzac et la Petite Tailleuse chinoise

DE GAULLE
- Mémoires de guerre III. Le Salut. 1944-1946

DE VIGAN
- No et moi

DICKER
- La Vérité sur l'affaire Harry Quebert

DIDEROT
- Supplément au Voyage de Bougainville

DUMAS
- Les Trois Mousquetaires

ÉNARD
- Parlez-leur de batailles, de rois et d'éléphants

FERRARI
- Le Sermon sur la chute de Rome

FLAUBERT
- Madame Bovary

FRANK
- Journal d'Anne Frank

FRED VARGAS
- Pars vite et reviens tard

GARY
- La Vie devant soi

GAUDÉ
- La Mort du roi Tsongor
- Le Soleil des Scorta

GAUTIER
- La Morte amoureuse
- Le Capitaine Fracasse

GAVALDA
- 35 kilos d'espoir

GIDE
- Les Faux-Monnayeurs

GIONO
- Le Grand Troupeau
- Le Hussard sur le toit

GIRAUDOUX
- La guerre de Troie n'aura pas lieu

GOLDING
- Sa Majesté des Mouches

GRIMBERT
- Un secret

HEMINGWAY
- Le Vieil Homme et la Mer

HESSEL
- Indignez-vous !

HOMÈRE
- L'Odyssée

HUGO
- Le Dernier Jour d'un condamné
- Les Misérables
- Notre-Dame de Paris

HUXLEY
- Le Meilleur des mondes

IONESCO
- Rhinocéros
- La Cantatrice chauve

JARY
- Ubu roi

JENNI
- L'Art français de la guerre

JOFFO
- Un sac de billes

KAFKA
- La Métamorphose

KEROUAC
- Sur la route

KESSEL
- Le Lion

LARSSON
- Millenium 1. Les hommes qui n'aimaient pas les femmes

LE CLÉZIO
- Mondo

LEVI
- Si c'est un homme

LEVY
- Et si c'était vrai…

MAALOUF
- Léon l'Africain

MALRAUX
• La Condition humaine

MARIVAUX
• La Double Inconstance
• Le Jeu de l'amour et du hasard

MARTINEZ
• Du domaine des murmures

MAUPASSANT
• Boule de suif
• Le Horla
• Une vie

MAURIAC
• Le Nœud de vipères

MAURIAC
• Le Sagouin

MÉRIMÉE
• Tamango
• Colomba

MERLE
• La mort est mon métier

MOLIÈRE
• Le Misanthrope
• L'Avare
• Le Bourgeois gentilhomme

MONTAIGNE
• Essais

MORPURGO
• Le Roi Arthur

MUSSET
• Lorenzaccio

MUSSO
• Que serais-je sans toi ?

NOTHOMB
• Stupeur et Tremblements

ORWELL
• La Ferme des animaux
• 1984

PAGNOL
• La Gloire de mon père

PANCOL
• Les Yeux jaunes des crocodiles

PASCAL
• Pensées

PENNAC
• Au bonheur des ogres

POE
• La Chute de la maison Usher

PROUST
• Du côté de chez Swann

QUENEAU
• Zazie dans le métro

QUIGNARD
• Tous les matins du monde

RABELAIS
• Gargantua

RACINE
• Andromaque
• Britannicus
• Phèdre

ROUSSEAU
• Confessions

ROSTAND
• Cyrano de Bergerac

ROWLING
• Harry Potter à l'école des sorciers

SAINT-EXUPÉRY
• Le Petit Prince
• Vol de nuit

SARTRE
• Huis clos
• La Nausée
• Les Mouches

SCHLINK
• Le Liseur

SCHMITT
- La Part de l'autre
- Oscar et la Dame rose

SEPULVEDA
- Le Vieux qui lisait des romans d'amour

SHAKESPEARE
- Roméo et Juliette

SIMENON
- Le Chien jaune

STEEMAN
- L'Assassin habite au 21

STEINBECK
- Des souris et des hommes

STENDHAL
- Le Rouge et le Noir

STEVENSON
- L'Île au trésor

SÜSKIND
- Le Parfum

TOLSTOÏ
- Anna Karénine

TOURNIER
- Vendredi ou la Vie sauvage

TOUSSAINT
- Fuir

UHLMAN
- L'Ami retrouvé

VERNE
- Le Tour du monde en 80 jours
- Vingt mille lieues sous les mers
- Voyage au centre de la terre

VIAN
- L'Écume des jours

VOLTAIRE
- Candide

WELLS
- La Guerre des mondes

YOURCENAR
- Mémoires d'Hadrien

ZOLA
- Au bonheur des dames
- L'Assommoir
- Germinal

ZWEIG
- Le Joueur d'échecs

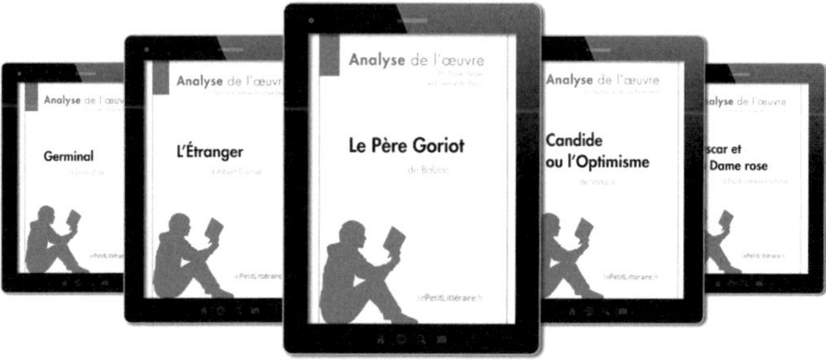